PALABRAS AL CORAZÓN

Poesía

Enrique Reyes

PALABRAS
AL CORAZÓN

Poesía

EDITORIAL
Letra Minúscula

Primera edición: enero de 2024
ISBN: 978-84-10177-28-4
Copyright © 2024 Enrique Reyes
Diseño de portada: Publisal Agencia de Publicidad
Editado por Editorial Letra Minúscula
www.letraminuscula.com
contacto@letraminuscula.com

Dedicatoria

Las palabras de amor y dulzura
que se dicen en esta obra son para mi amada esposa
Sarita, alegría de mi vida.

Lo demás es pura imaginación del autor.

ÍNDICE

PRIMERA PARTE

Palabras de amor

TÚ Y YO

Yo soy el ave que le canta a tus mañanas,
tú eres el trino que en mis labios alza vuelo.

Yo voy marcándole los pasos a la luna;
desde la altura, tú, iluminas mi silencio.

Yo soy el ángel que vigílate en ensueño,
tú eres la diosa que se deja vigilar.

Soy cometa que se pierde en las alturas.
Tú, el universo que yo intento conquistar.

Soy el astro que cayó del firmamento.
Tú, los mares que apagaron mis incendios.

Yo soy la noche de verano. Tú, la luna;
tanta blancura iluminando mi existir.

Soy la sombra misteriosa que acecha.
Tú, el místico destello entre las nubes.

Yo soy casa. Tú, habitante;
Soy mi pecho. Tú, el suspiro.

HAZ LLENADO MI SER

Irrumpiste de pronto
en la hondura de mi vida,
transformando mi aridez
en hermosa primavera.

Mi corazón ameriza en tu nombre,
mi intelecto perdió la corona;
las emociones gobiernan ahora,
la soledad escapó abochornada.

Tu nombre no estaba en mi agenda,
mi agenda, era la oscuridad,
pero entraste de pronto en mi casa
y encontré nuevamente la luz.

Has llenado mi ser de alegría,
has traído contigo el amor;
has llenado mi alma de tu alma,
y contigo hay un mundo mejor.

SUSPIRANDO CON TERNURA

El amor va por mis venas,
me nutre, me llena;
me enciende, me quema,
me doblega y levanta.

Me sonrojo en tu sonrisa
y me estalla por los poros.
Ha brotado entre nosotros
misterioso y repentino.

Qué vigor cobra esa llama,
cuando rozas mis mejillas
con tus labios encendidos,
suspirando por mi piel.

Con ternura suspirando
en mi pecho el corazón,
me enardece la emoción
de tenerte entre mis brazos.

TU MIRADA BASTÓ

Tu mirada bastó para encender
en mi alma la hoguera del amor,
para hacerme estremecer y para darme
la hermosa situación de enamorarme.

Yo sentía cada vez que te acercabas,
una fuerza, un ardor desesperado
por decirte que has entrado en mi memoria,
por decirte que te quiero como novia.

Tu mirada bastó para encender
el fuego del volcán que arde en tus valles;
tus palabras para hacerme prisionero
del rayo que me dio desde tus cielos.

Tus besos dieron alas al gorrión,
que, en mi pecho, entre tus trinos alza vuelo,
que canta envuelto en éxtasis por ti
y al murmullo de la tarde te acompaña.

Acaricia con sus plumas tu cabeza,
te protege entre sus alas del rocío
y te lleva a lo más alto de su vuelo
a cantarte sus canciones con el alma.

Tu beso bastó para endulzar
mis mares salitrosos y sedientos;
para darle a mis desiertos un oasis,
para hacerle todo bien al mío mundo.

PALABRAS AL CORAZÓN

No haber conocido tu amor,
sería vivir sin vida,
y quedarse a la deriva,
es perder el amor.

Amar en soledad
es tortura mortal;
es tortura mortal
porque amarga es la soledad.

Despedir un querer,
es herirse el corazón
palpitar por la herida
respirar por el dolor.

Mirarte regresar es la risa
sentir montañas de emoción,
un abrazo de norte a sur
y abrazarte a lo lejos todavía.

Ir a ti dando zancadas
sobre incrédula espuma,
reunir los felices pechos
y estrechar los heridos corazones.

Reír, mirarte y reír,
llenar el alma en frenesí
por tu mágica presencia
por tus mágicas palabras.

Reír, mirarte y reír,
y decirte con toda alegría;
y decirte con toda esperanza
dulzura en palabras al corazón.

AHÍ ESTÁ LA LUNA

Querida,
ahí está la luna enamorada,
flotando en la mansedumbre
de su iluminación del cielo.

En su quietud,
mirándonos caminar por estas arenas.
Protegiendo el espacio,
centinela de luz.

Yo camino a tu lado como soñando
deseando no despertar.
Con la sensación gloriosa
de haber coronado mis ansias.

No te detengas ahora,
dejemos huellas del alma
marcadas aquí para siempre.
No te detengas ahora.

La mar nos empuja en su aliento
acicalando tu pelo castaño,
envolviendo la magia presente
al vaivén de sus olas rendidas.

Con su música mueve la espuma,
con su baile que acaba en las rocas
nos henchimos de amor otra vez
y otra vez nos parece soñar.

Ha seguido la luna brillando,
ha seguido marcando la playa
con dos sombras al son de la mar.
Sigue quieta y henchida de luz.

Multitudes del cielo nos miran,
testigos brillantes y mudos,
contemplando descalzos amantes
soñando que vuelan sobre la mar.

EL HOMBRE Y LA MUJER

El hombre es chile, limón y sal,
la mujer: Avena, leche y miel.

Él tiene el misterio del eclipse
ella, el encanto del arcoíris.

El hombre puede ser un huracán
con sus rayos y centellas.

La mujer, la estela de luz
que parte las nubes.

El hombre es un brillante amanecer
donde todo recomienza y resucita.

La mujer, el mágico crepúsculo
en que el ave vuelve a nido
y los valles a la calma.

El hombre es la llama
que arde de repente.

La mujer, la brisa
en que esa llama se alboroza.

El hombre es una barca en alta mar;
la mujer, a cuya ruta se remite.

El hombre, conquistador empedernido;
la mujer, un continente nuevo.

Él es, las olas de un mar embravecido;
ella, la playa serenada
donde la agitación se hace caricia.

Él es un coleccionista de trofeos,
pero es ella la más grande aspiración.

El hombre vive donde empiezan los sueños;
la mujer, donde empieza la vida

Por los sueños se embarca el marinero,
por la vida luchamos a muerte.

El hombre es casi la excelencia,
la mujer casi la perfección.

El hombre y la mujer son plenitud
cuando se toman de la mano

Cuando se abrazan vibra el mundo,
cuando se aman brilla el cielo
y borbotea de su amor la vida.

Su abrazo, su amor y su vida
son autoridad sobre el poder
de los héroes y de los reyes.

El hombre y la mujer
son vida en el universo

Él sin ella es un ejército perdido,
ella sin él es una flor en la corriente.

El uno sin el otro,
un mundo en extinción.

ACÓSAME

Los suspiros
en mi pecho se atragantan,
el viento de la noche está
diciéndome tu nombre.
En tu pelo hay luz de luna
destilada.

Tus ojos me apasionan,
me iluminan,
me consumen.

¡Oh, Venus!,
diosa encantadora,
arrástrame en tus montes
y en tus valles,
acósame enredado
en tus cabellos,
sacrifícame desnudo
en tus sábanas blancas,
y en un trasluz de tu magnificencia
¡Devórame!

A LA LUZ DE UNA ESTRELLA FUGAZ

¡Querida!
¿Ves que cae una estrella del cielo?
Su destello abundante ilumina
nuestra piel serenada y henchida.
A su luz un deseo he pedido.

Descuida,
sólo quiero contigo así estar,
sólo quiero esta noche y después
que el Olimpo decida por mí,
y otra estrella me vuelva a mandar ...

Decía...
que el cielo ha tirado una estrella ...
¿Oíste?,
del cielo una estrella ha bajado ...
Estrella,
no vi que en mis brazos dormías.

ENTRÓ POR MI VENTANA

Entró por mi ventana
la luz de tus mejillas
y al pecho aglutinaba
la emoción de contemplarte.

Como el sol en su cenit
me cegaba tu mirada
y mi alma incinerada
en tu fuego celestial
derritiose con placer.

Primogénita de Zeus,
melliza de Afrodita,
nada soy y nada tengo;
sólo un pecho irrefrenable,
y una mente que alza vuelo
de las crines de Pegaso.

LA ILUSIÓN NUNCA SE ACABA

Cuando el amor llega al corazón,
la vida se torna fantasía:
Se ríe, se sueña y festeja enamorado;
resiste, espera y abstiene enajenado.

Cuando no es correspondido,
entristece y sufre malherido.
Mas no deja de querer y de esperar
al amor por quien puede suspirar.

Si con el tiempo sigue esperando,
el amor se va sanando,
se va olvidando lo que añoraba,
mas su ilusión nunca se acaba.

SI VES QUE CAMINO A TU LADO

Si ves que camino a tu lado,
no alejes tus pasos de mí,
que no hay un lugar conocido,
donde al amor disminuya el desdén.

Si ves que te miro a los ojos,
no cambies así la mirada,
que quiero que sepas que veo,
a la musa de mis ansiedades.

Si sientes de mi alma un suspiro,
descubre la forma de amarme,
que yo he descubierto en mi pecho,
que amándote estoy de verdad.

PUÑADO DE PÉTALOS DE ROSA

Llenarán tus oídos mis palabras,
lanzaré por mi ventana
la llenura de mi ser,
que, de ti, me va explotar.

De la mágica armonía.
No callar hasta que digas:
No te calles en mi oído,
inúndalo en poesías.

Inunda reverberaciones
de olores y susurros
hasta que exploten los poros
de mi piel saturada en ti.

Decirte que es tu pelo
como viento sobre el mar,
como estela entre las nubes,
como lluvia sobre el valle.

Es tu boca fantasiosa,
rosa fresca y delicada;
que, en su místico follaje,
me conquista su color.

Son tus ojos de cristal,
como el cielo, con su luz,
su belleza y su misterio.
Son tus ojos el amor.

Tu cuerpo es una mezcla
de hierbas aromáticas;
tu corazón, un puñado
de pétalos de rosa.

PARA SER LOCAMENTE FELIZ

Hace falta mirarte a los ojos
para ver que ha nacido el amor;
llevar tu mano en mi mano,
sentir tu exquisita caricia.
Hace falta besarte una vez,
para ser locamente feliz.

ESTAR ENAMORADO

Estar enamorado:
es mirar el camino con ansias
y con cierta impaciencia el reloj,
sonreírle al retrato querido
y recuerdos besar en el viento.

Es vivir abrazando la luna,
llevar en el alma el pecado,
de idolatrar aquella persona;
pasarse la noche soñando.

Sentirse de amor rebozando.
Es cantar y vivir de ilusión
o sufrir los reveces, llevar
honda pena en el corazón.

Escuchar en el viento la voz,
la voz de alguien que se ama,
caminar al encuentro feliz
con la ropa mejor y reír.

Hundirse en la fantasía
anhelando futuro para dos.
Desconectarme de los días
con la mirada solo en ti.

Buscar el agrado y perdón
el beso, el abrazo sanador
para curar las tristezas,
las tristezas del corazón ...

LA LUZ DEL FIRMAMENTO

La luz del firmamento
en sus ojos se encendía;
yo en su pelo acicalaba
luz de luna derramada.

Me atraía el magnetismo,
de su cuerpo al suspirar.
Reclinado en su regazo,
en su pecho y corazón.

Yo decía las palabras
que temblaban de emoción
que anidaban en su pecho
igualmente, estremecido.

La luz del firmamento
sonrojada en sus mejillas
yo besaba, yo pedía
que no fuera solo un sueño

Que se hiciera realidad
que temblara de emoción
que besara de verdad
su rubor estremecido.

UVA SILVESTRE

Uva silvestre, flor de loto,
cisne blanco, lago azul,
sirena cian del mar Egeo;
perla mágica magenta,
jardín de Babilonia.

Luz de luna, luz de sol,
paloma blanca y girasol.
estrella rosa, flor celeste;
ambrosía y criptonita
Arcoíris de cristal;
botón de primavera.
Brisa perfumada del Jordán;
mariposa y miel silvestre

Agua tropical del Amazonas.
mujer reina, mujer chamán,
pronuncia majestuosa
al candor de tu sonrisa
la respuesta que demando.

Y respeta los designios,
lo dictado por Neptuno:
de cincuenta pretendientes
solamente amarás uno.

CUANDO YA NO LO SOPORTE

Que aquí no se mueran
los momentos que vivimos;
que los días no echen tierra
al amor que nos nació.

Cuando ya me haya marchado,
una lágrima, un suspiro
te platiquen sobre mí,
y que afloren los recuerdos...

Y que te haga estremecer
una gota en tu mirada.
Cuando ya no lo soportes,
sentirás por mis heridas.

Estarás en mis maletas,
estarás en mis heridas;
cuando yo no lo soporte
doblaré hacia tu sendero.

Correré hacia tu frontera,
nadaré sobre la muerte,
burlaré a los asesinos
y venceré sus alienismos.

Cuando abrace tu llorar,
cuando rías en mi pecho
en la vida o en la muerte
ganaremos la batalla.

SEGUNDA PARTE

Sentimientos encontrados

LA ARENA Y EL CANTO DE MI ALMA

Escuché entre tus pasos el canto
del alma que aviva mi ser,
el alma que ahí me decía,
parece ángel, parece mujer.

A tus pasos el crono volteaba,
giraron mis ojos también.
Sentí que criatura del cielo
bajaba a clavarse en mi pecho.

Ansié que aquel ángel en ti,
volviese hacia mí la mirada
y hablara entre acordes de su arpa,
diciéndome cuánto me extrañas.

Fue día la noche, la brisa ambulaba,
fue día la noche, no hablamos palabra.
La brisa pasaba tan leve,
la arena seguía cayendo.

Los santos del cielo esperaban,
oír en la tierra los ecos,
dos piedras pidiendo perdón.
Se hallaron truncadas las ansias.

La arena y el canto de mi alma
rompían la opción de callar.
Mas quise decirte callando,
el daño que me haces, y el bien,
que te vayas.

LOS DÍAS EN QUE ESPERO TU REGRESO

Al abrazar mi mundo esta mañana,
irrumpiste claridad en mi memoria,
exaltando en mi pecho el corazón
al ritmo de las cuerdas en mi mente,
que hacían recordar tan bello sueño.

Mas te fuiste opaca imagen,
dejándome perdido en realidad,
llevándote mis sueños sobre el sol.
¿Qué hago en esta aurora sin color?,
pues no me quedan ya más ilusiones...

No dejan de llamarse oscuridad,
los días en que espero tu regreso.
La suerte marchitada en mi mirada;
el sol desmayará con un suspiro,
los días son tormento, son espinas.

Las noches, ensañadas en mi pecho,
taladran como agujas mis suspiros.
Se arrojan los recuerdos sobre mí;
estalla ante mis ojos la promesa
de pronto regresar, que no cumpliste.

HOY, QUE ESTOY MIRANDO AL INFINITO

Hoy que estoy mirando al infinito,
me rompe las entrañas un suspiro,
me ha dicho la memoria que no estás,
que has ido por los aires a volar.

Ha roto mi silencio, la nostalgia,
haciéndome caer en la penumbra;
donde he ido sollozando tus recuerdos,
donde estoy imaginando tu presencia.

La noche me ha soplado un viento gris,
que viene de tu cuerpo perfumado,
que trae tus palabras a mi oído,
diciéndole al dolor que no se acabe.

La saña amontonada en tantas cartas
que nunca recibí porque no enviaste
me grita endemoniada que no llore,
que me ame la mitad de que te amaba.

NO MERECES DOLER EN MI HERIDA

El viento que pasa a mi lado,
y las aves que cantan así,
me dicen que el tiempo ha pasado,
que el invierno otra vez está aquí.

Que iluso voy enamorado,
suspirando de lejos por ti;
soñando que habrás regresado,
aunque ya no te fijes en mí.

Si en la vida una vez tuve miedo,
la fría noción de perderte;
la inhumana emoción que no puedo
describir que sentí al no tenerte.

No te importa que yo me deflagre,
no apagas el fuego prendido
por tus besos malditos. Cobarde
corazón que me ha sumergido
en todas las dudas del mundo.
Y, si nada te importa mi vida,
ya no debo añorarte un segundo;
no mereces doler en mi herida.

No mereces que tenga una herida,
ni que te haya querido mi amor.
Ya no vuelvas, musa fallida;
no verás en mi huerto una flor.

HOY, QUE ESTÁS TAN DISTANTE

Hoy, que estás tan distante de mí,
ni te importa que fue de mi vida,
los recuerdos me llenan el alma
y mi espacio, esas viejas canciones.

Entre más se te olvida mi nombre,
más te extraño y te llevo en la sangre,
más recuerdo y bendigo tu nombre,
más asombra, no mires atrás.

Cuando escucho los ecos de ayer
y recuerdo la magia de todo
no me duele que me hayas mentido
porque fuiste quien fuiste por ti.

Pero yo, que te amé sin reservas
y te puse en el centro de mi alma,
no te amé en el valor que pesabas,
sino en cuánto valor te tasé.

Tu grandeza que vieron mis ojos
que mi pecho gozaba anhelar
se esfumó de repente aquel día
que del sueño traidor desperté.

NADABAN TUS OJOS EN LLANTO

Nadaban tus ojos en llanto,
yo quise besarte otra vez;
dijiste que me olvidarías
si el sol se caía en pedazos.

Mis pies de ti me alejaban,
me hacían perder la noción,
del cielo que me envolvía,
del cielo que me esperaba.

El ave en mi pecho voló,
dejando llover mi tristeza,
germinando en tu pecho capullos,
y en ti la esperanza nació.

Los ojos que me esperaban
y el corazón que me extrañaba
eran fuego que ardía en mi alma.
Esa llama me ha vuelto a besar.

¡CUÁNTO TE QUIERO!

El amargo brillo en tus lágrimas,
que a torrentes se desbordan
de la hondura en tu mirada.
Ciénagas desgarradas
que se fugan por tu ausencia
entre los párpados de mi alma.

La sonrisa que ha escapado
de tus labios decaídos,
hace ruido en mi silencio,
que, del vientre de la noche,
ha venido en tu lugar.

El brillo que un día irradiaste
se alejó marchitándolo todo,
oscureciendo mi vida y mi casa,
aprisionándome en la penumbra,
donde me espanta el día más blanco.

¡Cuánto me duele tu soledad!,
¡Cuánto duelen tus lágrimas blancas!,
¡Cuánta amargura me causa tu llanto!,
¡Cuánta distancia te impide mi abrazo!

PENUMBRA, SOLEDAD Y LOCURA

... Inexplicable dolor de cabeza,
del alma y del corazón.
Se inundan mis sentimientos
de tristeza total.

Sollozos bajan a los escombros
de lo que hubo en mi pecho.
Lágrimas del corazón que irrigan
donde aleteaban las mariposas.

Mi compañera es la aflicción
donde me acosan los suspiros.
En tristeza se hunde el sol,
un sol que desolado, alumbra.

Mis párpados como el plomo,
clausuran mi alegría,
cobardes, se han rendido
anhelan mi ceguera.

Han venido amotinados
a arrullarse los recuerdos
de aquella por quien quiero
dar mi cuerpo en sacrificio
a la infame leña de otro día.

... En un rincón de mi cuarto oscuro,
yace mi cuerpo acongojado,

esperando que posen en él su mirada,
los pardos ojos del ave de la muerte.

Ella vive cruelmente en mí,
a pesar que sin ella muero.

TE HARÉ MI REHÉN

¡Me duele!, ¡me duele!
mirar tus pasos en el camino,
desde el lugar que sentí morir
al ver que te ibas.

Regresar a casa fue tormento
callar tantos reclamos es morir
... te buscaré en mi memoria,
y en ella te haré mi rehén
para no creerme abandonado.

ESTARÉ PERDIDO

... Si no puedo escapar de tu sagaz mirada,
si me atrapan los deseos
en la jaula negra de tus intenciones.

Si, por más que quiero escapar,
más me pierdo en la fuerte cerradura
de mi nula voluntad de resistir,
cayendo sumergido y maniatado
encadenado por la voz de tu lujuria.

Si el hechizo de tus ojos hipnotiza mi cuerpo,
para llevarlo a la perdición de tus labios.

Si al mostrar timidez y poquedad,
me amenaza tu sensual poderío,
desatando tu astucia embustera;
cayendo sumergido en los carnales laberintos.

Si enredados pensamientos me traicionan,
me doblegan al poder sugestivo
de las flechas venenosas de tu embrujo,
que impactan a diestra y siniestra junto a mí.

Si no encuentro valor de repelerte
me hallaré entre la espada y tus uñas.

Si no puedo escapar de tus ojos,
de las amarras de tus labios
y de la fosa de tus trampas.

Si caigo en las arenas movedizas,
si me traga el embalse de serpientes
y me hundo en la dulzura fabulosa
del maleficio de tu cuerpo...

... Estaré perdido...
en el pantanal de las confusiones,
en la zarza de las reprobaciones,
en los macabros caminos de la muerte.

NOSTALGIA

Te extrañan mis tardes cuando caen
sobre los pasos que no has dado
junto a mí, que estoy sin ti
diciéndole a la nada que no estás.

Mientras me aferro al ocaso
buscando arrancar en su clímax
un sorbo del rico perfume
que ha quedado aquí esparcido.

El sol me dio la espalda
para irse a dar la vuelta
a la curvatura de tu ausencia.
El sol me dio la espalda,
dejando un rastro oscuro
en la mirada inerte mía
a la que de nada sirvió, ilusa,
aferrarse al destello moribundo.

Te extraña el firmamento,
que ha mirado mi silencio
distraído en la esperanza
vacía y tormentosa.

Pero él sabe que no estás;
que has callado, que has huido,
que no han aleteado los versos
que en las noches te leía.

Aquí te extraña la pasión,
las rocas de la cima,
las horas y la brisa,
las ramas y los nidos.

Aquí te extrañan mis dientes
que mordían tus espasmos,
que rozaban tus orejas,
tus mejillas y tu cuello.

Aquí se extrañan tus uñas,
aquí se cierne tu aroma
brotando en las hendiduras
de mis desprevenciones.

Las flores todavía enternecidas
preguntan la distancia de tu adiós
no entienden que te has ido sin saber
que aquí se te ha querido de verdad.

Aquí anochece mi vida,
se amontonan los silencios
y a la vez me vuelven loco
las palabras y las risas
que dejaste condensadas
en cada bocanada que respiro.

LA NADA ME ACOMPAÑA

Qué noche más triste y amarga,
abarrotada y vacía
detenida y profunda.

Cada atardecer he resistido
reconocer mía esta obsesión
para no darme por vencido,
para no mirarme al espejo.

Mi alma lanza reclamos
al vientre de la noche como flecha;
es un latido entrecortado
por tu daga envenenada.

Estas noches inundadas en tu ausencia
me enloquecen con los ruidos que has dejado
a medio pronunciar tantas mentiras,
a medio penetrar tantas espinas.

La nada me acompaña generosa,
me asiste, cada hora me despierta
para darme cada dosis de locura,
arrastrándome a besar tus omisiones.

Me arrastro por la cama en que, aterrado,
me brotan pesadillas por la piel,
me suenan tus palabras otra vez;
me clavan tus espinas embusteras.

Las sádicas espinas que perforan
los ojos de mi absurda terquedad
brotaron del arbusto venenoso
nacido en el pantano de tu pecho.

La espera sin sentido me aprisiona
en la cárcel de un tiempo sin medida,
en errática ruta de un planeta
cuya masa era de gas que se esfumó.

Varado entre dos mundos he quedado,
el mundo del ayer que no fue cierto
y la tierra quemada que renace
frente al inmenso mar de la verdad.

AQUELLA MADRUGADA

Aquella madrugada me harté de ti,
me harté de tu ausencia irreversible,
decidí borrarte de mi historia,
decidí expulsarte de mi llanto.

Rompí todas tus cartas mentirosas,
rompí hasta los poemas que escribí;
quebré el baúl de los recuerdos,
tiré cuanto tocaste a plena calle.

Todo lo manchado en tus mentiras
amontoné para meterlo en la maleta
destinada a la justicia de las llamas,
sentenciada a la suma del repudio.

Resurgí envalentonado en un impulso
de inédita y noble dignidad.
Abrí la puerta, a medianoche todavía,
y arrastré a la oscuridad lo que era tuyo.

Derramé sobre las cartas en pedazos
la loción que no estrené por esperarte.
Descargué sobre tu cama mi justicia,
prendiéndola en fuego en plena plaza.

Todo se quemaba con placer;
ardía tu falsedad en ese fuego
mientras yo lo disfrutaba
saboreando una dulzura en mi sonrisa.

El trance del fogón me liberaba
del engaño que tu amor un día fue
mirando cómo el fuego derrotaba
el mito del embrujo en que caí.

Qué lindas son las llamas cuando bailan
cuando gozan por hacer el bien supremo
de quemar lo que existía para el fuego,
de abrasar lo que ya nadie abrazaría.

DONDE NO HAY NADA QUÉ QUEMAR

Están equivocados los que arguyen
que las cenizas de un fuego del ayer
volverán a alzar la llama de aquel fuego
y volverán a la pasión que les quemaba.

La ceniza es el cadáver vergonzoso
del carbón que poderoso generaba
vigorosas flamas con placer
y en ellas su lujuria calcinaba

Su propia combustión causó la muerte,
la soberbia se alzó contra sí misma
hasta verse consumida y extinguida.
Si no hay nada qué quemar, no arde el fuego.

Mueren por la fría indiferencia,
desfallecen los suspiros ilusorios,
se hastían de besar inertes labios
de la momia que perdura ensimismada.

El pasado es una tumba cerrada
con flores de la superficialidad,
con la loza del tiempo por frontera
ocultando lo que nadie ya quiere besar.

No se besa ni acaricia lo macabro,
no abres la fosa para acostarte en ella,
no hay amor en corazón que no palpita,
no suspira ya un pecho engusanado.

LOS QUE ME AMAN, TENGAN PAZ

Si me aman, tengan paz cuando yo muera.
Si acaso lloren, más mi tránsito celebren.
Hagan la paz los que hubieran discutido;
que reine la concordia entre mis flores.

Al que me odia nada tengo que decir,
no viene al Paraíso su rencor;
lamento no haber sido más amable,
no haber donado a todos, mi amistad.

Que venga el que se había resentido,
que entre el que se había enemistado,
que nadie recuerde las ofensas;
que toda la familia se reúna.

Si todos los que me aman se perdonan
y vuelve el que se había distanciado,
será del separarme un aliciente
y del infinito gozo el comenzar.

LE VI CAMINAR

Esclavo me quiso su orgullo
postrado a los pies de mi amor,
postrado ante su perfección
impunemente jugaba conmigo
cada vez que quería y quería.

Yo era ciego de amor y algo sordo;
pero herían sus dardos mi piel,
las heridas sangraban dolor,
pero no me importaba mi sangre
si podía estar cerca y mirar.

Le vi caminar una tarde,
sus pies pisaban la tierra,
al ver en el polvo su huella,
dejé de adorar a la diosa
y amando seguí a la mujer.

TÚ Y YO... DESPUÉS

Yo, contigo, por amor;
tú, por placer.

Yo hablaba de ti con orgullo,
tú de mí, con presunción.

Te pensaba con nostalgia;
tú lo hacías con lujuria.

Yo amaba en manera total;
Lo tuyo fue una alma mezquina.

Yo di todo lo que tenía;
tú lo echaste a perder.

Mi sueño contigo era todo,
tu inquietud fue descartarme.

Yo me senté para esperarte,
pero tú no miraste hacia atrás.

Al final, Dios me dio lo que quiso,
en cambio, a ti, lo que merecías.

¿QUÉ HAGO, MI VIDA, SIN TI?

¿Qué hago, mi vida, sin ti?,
¿qué aspiro, qué sueño,
qué intento?
Sin ti se me escapa la risa,
se nubla mi cielo,
vendrá la nostalgia.

Se muere el arroyo que un día nació
dando vida a las rosas
que, en nuestro jardín,
hermosas al viento primaveral,
planté con el corazón.

POSIBLEMENTE

Posiblemente pienses, engañada,
que iré corriendo a ti, para pedirte,
atraído como mosca, porque tienes
lo que muchos apetecen, y yo no.

A veces imagino que vendrás
motivada por las sombras de un "porqué",
atraída por un tal o cual "no sé".
Esas cosas que se sienten por las cosas.

Quisiera que vinieras a mi vida,
quisiera conocer alguna puerta
para entrar al rincón más despoblado,
de la tuya, que me ha sido tan negada.

Quisiera que quisieras mi presencia
en la plenitud de tu existencia,
que ansiaras plenitud de sentimientos,
que olvidaras tus verdades sobre mí.

Pues algunas realidades, falsedad,
y algunos sentimientos son ajenos.
No hay nada más sesgado que la historia
y engañado como nadie es el rehén.

Sin embargo, lo imposible es lo difícil
quitar al ciego la ceguera cuando está
convencido de que mira claramente.
Nada quiero conciliar con tal opuesto.

Detesto que se asome por la puerta
la sucia convergencia de ambiciones,
la humana resiliencia de intereses,
el amor inusitado a que me muera.

Desearía que, aunque fuera en la agonía,
estuvieras como niño en mi regazo.
Tal vez mi corazón secretamente,
pagaría por tu voz y por tu abrazo.

MIRANDO EL CALENDARIO Y EL RELOJ

Mis suspiros se repiten cada hora,
se repiten cada día los porqué.
Los reclamos y las quejas no hacen más
que acumularse en el rincón de mi esperanza.

Ya te dije una vez más que sin ti estoy
esperando las semanas y los días,
contando los minutos que no estás,
mirando el calendario y el reloj.

Volando en la cocina y en la sala,
cantando en la escalera silenciosa,
hurgando en tu playera favorita
gorjean mis suspiros migratorios.

Saltando van de rama en rama
posándose en los huesos y falanges
de mi atroz melancolía,
se aparean para darme más suspiros.

Ya no puedo con las ansias que se anidan
en el bosque de preguntas sin respuesta,
en mi bosque de ausencias y silencios
donde vivo enmarañado por tu adiós.

En la cima de la ausencia y el silencio
he buscado las razones que no existen
y encontré la tumba fría de tu amor
en la inercia de la puerta que cerraste.

TERCERA PARTE

Obras Ganadoras de Primer Premio

Obra "Espiga Dorada"

*Primer Premio en Juegos Florales Unionenses 1996,
CONCULTURA. Concurso a nivel de Región Oriental
de El Salvador.
Pseudónimo utilizado: Kike Mers
Premio en metálico logrado:
Varios salarios mínimos de la época y Diploma.*

Espiga Dorada (1996)

Sentada virtuosa
mirando hacia el mar,
ardiente, deseosa,
tratando de alzar
al cielo su vuelo.

Princesa orgullosa
luciendo al andar
su aspecto de diosa,
su encanto a la mar
en todo su suelo.

Tu nombre es sagrado,
sagrada la idea
que adorna lo amado,
por simple que sea,
del fiel de tu gente.

Con puño en arado
tu campo se crea
el fruto añorado,
que riendo le vea
después del poniente.

Quisiera yo ahora
mirarte mi amiga,
perderme en tu aurora;
andar con la hormiga
o con el caracol.

Diré sin demora:
mirarte mi amiga,
quisiera yo ahora,
yacer cual espiga
dorada en el sol.

LA BRISA MARINA (1996)

En cuanto celebras tu día,
la brisa marina te envuelve.
Las aguas revientan potentes
en olas con más altitud,
queriendo exaltar tu alborada.

Por eso es que yo te recuerdo:
las calles de feria vestidas,
las voces de mil mercaderes.
Vistiendo de indios los niños
al paso de los visitantes.

Tus hijos se alegran Señora,
de aspecto risueño al ocaso,
marchando, cantando su esmero;
cargando en su espalda entre flores,
honrándote a ti Concepción.

CONCHAGUA (1996)

Tus pechos femeninos se levantan
haciéndose mirar desde los cielos,
luciendo tus frondosas arboledas
que adornan, del Pacífico a tus cumbres.

Son muchas las leyendas de tu raza:
La Cueva, El Mogote y La Vaquita;
La Fuente, y un montón de curanderos
te poblaron para hacerte escultural.

Custodia los secretos que se esconden
en tus fincas, tus quebradas y montes,
la bravura del felino de piedra,
reposado y sereno, vigilando.

Decadentes narraciones se escuchan,
de suspenso, de aventuras y candor
de labios de tu gente; tus testigos,
haciendo recordar tus lunas llenas.

En el vuelo del ave a medianoche
y la luna escondiéndose en las nubes;
en el agua que baja silenciosa
y el andante que marca el camino real

En la brisa que vuela en tus alturas
que deambula con tu fauna en libertad,
la frescura en tus pinares de cima
Conchagua, tu pasado y tu presente.

EN ENSUEÑO (1996)

En los dominios de la aurora
yo conozco ¡Qué lugar!,
donde el ave vuela al cielo
sin peligro de extinción.

El viento vaga sobrio
acariciando con sus pies
la superficie de las aguas
en calma adormecida.

Qué tranquilo, qué sereno,
del Pacífico un charquito,
que a los vates en el sueño
los envuelve y los eleva.

Con orgullo sus tres dueños
lo custodian noche y día
sin embargo, le ha quedado
a mi tierra lo mejor.

Seduciendo con dominio
mi extasiada fantasía,
cual rinconcito mágico
yace el dueño del sol.

Es por eso que en ensueño
envuelto y elevado
te contemplo, mar chiquito
y gran Golfo de Fonseca.

A BUSCAR LA LIBERTAD (1996)

Quiero ir como Espronceda
a buscar la libertad,
a gritar en altamar
lo que soy y lo que siento.

Y que el viento mis cabellos
desordene con cariño,
y que vuelva a tierra firme
transmitiendo mi mensaje,
pregonando cuánta paz
y abundante libertad
mi corazón respira.

Encendiendo hacia la aurora
ya mi vuelo matinal,
mi velero se dispone
a emprender la retirada,
a buscar un surco nuevo
de esperanza y aventuras.

Tempestades venceré
con valor y valentía,
a la vida robaré
un hermoso porvenir.

Cuando el sol y las estrellas,
las gaviotas y el viento
en mi cielo se dibujen;
cuando yo el conquistador,

un tesoro de armonía,
paz interna y libertad,
ganado haya, a la marea,
volveré a los arrecifes
a narrar mis aventuras
y a vivir la vida vivo.

Obra "Nada tengo en tu contra"

*Ganadora de Primer Premio en Juegos Florales
Unionenses 1997, CONCULTURA.
Concurso a nivel de Región Oriental de El Salvador.
Pseudónimo utilizado: Kike Mers
Premio en metálico logrado:
Varios salarios mínimos de la época y Diploma.*

NADA TENGO EN TU CONTRA (1997)

Nada tengo en tu contra, bella y blanca,
noble y pura; flor silvestre, enredada
entre espinos de tristeza, abrumada.
Niña linda, la soledad te arranca.

Bien quisiera llegar a ti, cual agua,
que en invierno te alegras recibiendo.
Tanto quiero, que parezca que, lloviendo,
voy volando en el humo de la fragua.

Recíbeme florcilla, en tu pistilo,
que quiero adivinar en dónde moras;
beber la verde sabia de tu estilo.

Consuélate mi amor, las noches lloras.
El alma, mi impiedad te dejó en hilo,
en hilos, que se anuden, hoy imploras.

LA FUERZA QUE A TI ME ENCADENA (1997)

Te vieron mis ojos y al cielo, en suelo,
las gracias le di por tenerte. Serte
sincero, me ayude a cuidarte; darte
comprensión, cariño y consuelo en vuelo.

Le pedí retirar, de duelo el velo.
Me causó, Eliza, suspirarte, verte;
me quedé, musa al contemplarte inerte.
Sentí por tu cielo revuelo y celo.

Mi pasión por ti tempranera era
y era pasión cotidiana. Liana
que me unía a tu primavera vera.

La fuerza que a ti me encadena, suena
tan viva, tal si depara, sonara
la vida contigo soñara, Sara.

DISTANTE DE MI ALMA (1997)

Encerrarte en mis brazos quiero, mujer
sentir que distante de mi alma no estás,
doblar el camino, el camino que vas
a buscar por el mundo un nuevo querer.

Por ti voy corriendo a tratar de volver
tu impaciencia en calma, decirte: -Verás
que ya no me porto tan mal como atrás;
más bien soy otro hombre, no el mismo de ayer

La noche es terrible, mujer te extraño,
me faltan tus manos, tus besos, tu amor;
me hace falta tenerte como antaño.

Me asomo a la puerta en cada rumor.
Ven que es la noche más triste del año,
te espero esta noche, mitiga el dolor.

LA NOSTALGIA ME INVADE (1997)

La nostalgia me invade cada día.
Te recuerdo como la mujer que amé,
como el ángel que en las noches yo besé;
como un sueño extraviado en mi alegría.

Me duelen mis azotes, cruel hombría.
Cual hiriente, despiadado abandoné
tu cariño y la promesa: te amaré.
Quizá es que te ame todavía.

Mi pecho reprimido te suspira,
estrecharte reconciliado quiere
y la vida encontrar contigo aspira.

Borrar quiero el recuerdo que me hiere,
cuando dije mi vida tu adiós mira;
cuando dije el amor en mí se muere.

TU BLANCURA ANGELICAL (1997)

A la Virgen María

Te alaban las alturas, oh María.
Tus hijos te veneran en la tierra,
se escucha desde el llano hasta la sierra
un canto jubiloso, algarabía.

Mis sesos no comprenden, grosería
de quien al profesar religión erra,
si a Ti Madre Santísima, la guerra
se atreve a declararte cada día.

La gracia y dignidad en Ti se funden
conjugando tu blancura angelical,
que en lo alto coronada te confunden
con el cielo a Ti Mujer excepcional.

Sin ti al azul las estrellas no cunden
y no hay luz en cada punto cardinal.
La luz bajó del cielo a tus entrañas,
germinando vida eterna en tus entrañas.

CANTANDO ANDO (1997)

Por la vida, alegre cantando ando,
queriendo dar cada día alegría.
En cosas de amor tontería haría.
Me gusta mirarme de cuando en cuando.

Regalar sonrisa oportuna, una,
amigo tener que, sin fama, ama;
recostarme sobre la dama grama
y mirar tranquilo cieluna luna.

Caminar y hacer campamento. Siento
que escapa en la brisa mi aliento, lento
sobre el verde monte de pino fino.

Me gusta la noche, amar, lino, vino.
Poder ayudar justiciero, quiero,
decir cuánto siente mi acero hero.

GRITO ABOMINABLE (1997)

Sin duda fue mi falta de experiencia
o el respeto embelesado que te di,
el amor exagerado, tanto así,
que en mi cama te vi con reverencia.

El grito abominable de tu ausencia
denota que fui solo un maniquí.
Trasnochado, solo he quedado aquí
rumiando tu mentira y tu inclemencia.

Es claro que respeto no querías,
sino imprudencia y placer descarnado.
¡Quién sabe, si de mí, hasta te reías!

Y yo que sin dudarlo habría pensado
llevarte hasta el altar, aquellos días;
me salvé de tu infierno, rostizado.

A QUEMARROPA (1997)

Me encendí a quemarropa en tu sonrisa,
me perdí en el pensamiento con tus ojos,
me arrastré tras el murmullo de tu voz,
deslizando a tus oídos mi memoria.

Até todas mis ansias ante ti
construyendo de ilusión un pedestal
para alzarte y mostrar mi reverencia,
que por cierto no es igual que adoración.

Cayendo en el Abismo volví en mi
recordé que cada humano en la agonía
descubre quién ha sido en realidad,
y yo, que te creía muy decente.

Estoy vivo y me conozco un poco más,
estoy vivo, con fuerza y sin cadenas,
fueron mías, solamente, hoy son polvo.
Fui sincero, y fui de paso por tu vida.

LAS NOCHES SON MUY LARGAS (1997)

Las noches son muy largas, musa mía,
solitarias, calladas; son oscuras.
Recuerdo que besé tus manos puras,
no siente soledad ya el alma mía.

Ciego, felicidad te prometía;
tristeza y soledad hoy nos tortura,
tan grande que nos lleva a la locura.
Pensando en el camino que venía

El rumbo del sendero se ha torcido,
esquivando palabras como espada,
rasgando el corazón que te ha querido.

Yo quiero prometerte desvelada
que una de estas tardes habré ido
a pedirte que vuelvas desposada.

TE FUISTE AMBICIONADA (1997)

¿Qué no hice por ti, mujer fingida?,
¿qué falta cometí para que osaras
fingirme y mi pecho destrozaras?
Tu maldad ingrata causó mi herida.

De aspirantes hablabas, engreída,
mientras yo te pedía que callaras,
mientras yo te pedía no me hartaras.
Tu rostro me ofende mujer jodida.

No sabes cuánto te amo, desgraciada,
mas cuánto me arrepiento y te repudio
por ultrajar mi alma enamorada.

A mí, que me nombré tu ángel custodio,
quisiste, mas te fuiste ambicionada a
buscar, adinerado, otro Tenorio.

SU BONANZA APARENTE (1997)

Su rostro hermosa sonrisa dibuja,
armónica voz sus labios exhalan
y paz celestial sus ojos avalan,
mas al alma rival hacen que cruja.

Su bonanza aparente, lo granuja,
no alcanza a ocultar, sino delatan
que peligroso es observarle, matan
sus ojos de rapiña, doña bruja.

Cuántas víctimas se quejan, señora,
del hurto vil, la extorsión descarada.
¡cuánta tenencia, su avaricia añora!

Mi soneto y su acción desvergonzada
batallan hasta ver que su caída
digna y certera endulza me la vida.

CONQUISTAR (1997)

Contar con su amistad me parecía
a la plaza por primera vez llegar.
El estilo con que acostumbra halagar
gustaba a la ignorancia, señoría.

Lo que se diga amistad no existía
si no era hacia los dados a adular;
ajeno a los señores que, jugar,
como usted saben robar, doña mía.

Cuan dura, y aceptarla cuesta tanto,
que repudio te sentimos, la verdad,
los que amiga te creímos, encanto.

Justicia pediremos a la corte
que divulgue putrefacta identidad
y tifus como tú ya no soporte.

SILBANDO (1997)

Discúlpeme, señora, la osadía,
pararme frente a usted con un soneto,
deslucido, sin ritmo, hasta incompleto,
que, a sus bondades, yo lo igualaría.

Entre el cielo, la tierra y su distancia,
nada puede ocultarse, un dicho dice.
Hoy que su verdad conocerse hice,
no le juzga mi corazón de infancia.

Nuevamente el engaño usted buscando,
recurre a la bajeza, al intentar
con falaz y ridículo llorar.

Rabietas y berrinches está dando.
Son propios. Fue un placer, me voy silbando,
ignorando el patatús que le ha de dar.

MONÓLOGO FRENTE AL MAR (1997)

Los vientos de este mar, y sus olores;
este muelle y esas latas oxidadas.
El aspecto cantonal ante la iglesia,
el consumo'e "pega-pega", y la alcaldía.

¡Cuantas "p*tas"!, ¡cuanto estiércol en las calles!,
¡cuanto "chinche"!, ¡cuanto hedor de marihuana...!
Estos "bichos" del gobierno, se asemejan,
en manera, a los que flotan en el mar.

¡Qué noches en mi infancia!, ¡qué recuerdos!:
Se oía entre la calma a aquellos barcos
y al tren, que despertaban la ciudad...
Son más que diferentes, aquellos días.

No es culpa de unos tres, es de millares,
pues no hace cada quien lo que le toca.
Y el que hace paga impuesto por andar
esquivando tanto "bolo" y tanto "bache".

Los días de Hugo Lindo, a lo mejor,
tenían el cantar de un pajarillo.
La brisa le traía inspiración...
¡qué brisas cuando el mar era celeste!

Es más que diferente aquellos días.
Iluminados en la magia del trabajo,
cuando, para bien de esta ciudad,
hubo más escuelas que cantinas.

LA BESTIA POR EL HOMBRE (1997)

Cada vez que te encontré, quise saber
qué cosa era que hacías en el puerto.
Andabas suspendido por lo tuerto,
que en tus prácticas anónimas haber.

Nada bueno, el depravado, hoy puedo ver,
enajenado maquinaba, cierto.
Lo digo como si estuviese muerto,
si estuviese carcomido por beber.

No supe relevante una noticia,
que hicieras algo por limpiar tu nombre.
No supe, sino instinto, tu inmundicia.

Dejaste que la bestia por el hombre,
llenara hasta los huesos tu malicia.
Por bestia, que la suerte se te asombre.

PROFANO JURAMENTO (1997)

No intento maldecir a ese fulano.
Sabiendo que merece, debería,
que el título vendiote, o perdería
tu madre la ilusión del doctor —vano—.

Atropellas al enfermo. Profano,
el bendito juramento. Mentía
tu negra voz de enterrador, y fría.
La piel te roerá cada gusano.

¡Pobre aquel que en ti pone su esperanza!
Volverase estafado y moribundo.
¿Conoce un zopilote la bonanza?

Naciste para ser un vagabundo,
un meque o cualquier cosa. Que tu panza
no estorbe a la salud en este mundo.